# 나는 답을 모른다

김상윤

김상윤

김상윤 시인은 제주특별자치도 서귀포에서 태어났다. 1971년 2월, 제주상업고등학교 제17회로 졸업한 뒤, 지역 사회에 헌신하며 다양한 활동을 이어왔다. 1993년에는 남원초등학교 학부모회장을 역임하였으며, 1996년부터 1997년까지 남원1리 새마을지도자 및 남원농협 영농회장으로 활동하였다. 1997년에는 '남원읍 마을 스승'으로 추대되었으며, 1999년 정의향교 공덕비를 기립하는 데 기여하였다. 또한, 2010년부터 2011년까지 국제라이온스 클럽 남원라이온스 회장을 역임하였다. 2016년부터 2018년까지 정의향교 의전부장으로 활동했으며, 2019년에는 성균관 전의 제수로 봉직하였다. 문학 활동으로는, 2025년 3월 1일 인향문단 시화집에 작품을 발표하며 등단하였다. 제주도의 아름다움과 삶에 대한 깊은 관조를 바탕으로 왕성한 창작 활동을 이어오고 있다. 그동안 써 온 시들을 모아 첫 시집 "나는 답을 모른다"를 출판하였다.

**김상윤 창작시집**
나는 답을 모른다

**초판 인쇄일** 2025년 7월 15일
**초판 발행일** 2025년 7월 15일

**지은이** 김상윤
**펴낸이** 장문정
**펴낸곳** 도서출판 그림책
**디자인** 이정순 / 정해경
**출판등록** 제2010-000001
**주소** 경기도 수원시 영통구 이의동 웰빙타운로 70
**연락처** TEL070-4105-8439 (010)2676-9912
E-mail : khbang21@naver.com

# 나는 답을 모른다

김상윤

# 시집을 내면서

시간은 언제나 한곳에만 머물면서 나를 기다려 주질 않았다. 농업에 종사를 하는 나로서는 흙과 더불어 그 속에 몸을 맡기고 주어진 상황에 순응을 하려고 안간힘을 쏟는 삶을 살았다.

어려운 환경 속에서 생활을 하면서 작은 테두리 안을 맴돌며 황혼이 다 되어서야 낙서를 시작을 했다. 시라는 표현은 나에게는 사치다. 그래서 내가 쓰는 글은 전부 다 "난필이다" 라고 생각을 하면서 글 답지 않은 글이지만 글을 쓰면서 항시 행복했었다.

욕심이 있다면 나의 후세들에게 나의 수준에 맞게 서툰 답
이라도 전할 수 있는 내가 되는 것이다.

후세들 보다 앞서 걸어오면서 세상의 답을 찾으려는 것이 아
니라 세월이 흐르는 데로 흘러가며 답이 없는 삶을 살며 "너
희들이 먼 훗날 이 자리에 와서 느껴보고 답이 없으면 세상
의 삶은 답이 없다라고 여기고 그러려니 하며 살아가려무
나" 라고 전할 수 있음이 나로서는 최상의 답으로 터득한 것
이다


서쪽으로 기우는 해를 제 정신으로 바라 볼 수 있을 때까지
는 난필을 하고 싶은 작은 욕심을 내어 보면서…

인향문단 신인문학상 수상작품

# 나는 답을 모른다

김상윤

# 나는 답을 모른다

애야
꽃이 피고 눈비 옴을
겪어는 봤지만
그 때 그때의 느낌이 다르니
지금 답을 해줄 수가 없구나

애야
수많은 길들 중에
사연 없는 길이 없으니
사람마다 사연이 각각 달라서
이 또한 답을 할 수가 없구나

애야
세상을 살아가면서
아는 것보다 모르는 게 더 많으니
이 또한 답하기가 어렵구나

애야
먼 훗날 네가 이 자리에 와서
느껴보고 답을 찾아보렴

애야
그래도 답을 못 얻거든
세상 삶은 답이 없다 여기고
그려려니 하고 살아가려무나

열살 손녀가 나이가 많으면 모든 걸 다 아는 줄 알고 "할아버지도 모르는게 있어
요?" 란 말에 대답으로 쓴 글입니다.

# 숨은 달

차디찬 물속
언덕 그늘 속에 숨어
애타게 님 기다리는 달

잠깐만이라도 보고 가신다던
오늘이 그날 초사흘인데

오시는 기척만 있어도
댓바람에 뛰어나가
양팔 벌려 마중하련만

애타는 남의 속도 모르는
얄궂은 비바람은
왜 이다지도 길게 길게 이어지는지

기다리다 지쳐
읊조리는 사모思慕곡
기인 한숨소리에
물결만 거세게 출렁거리네

# 막내 손자

막내 손자가
밀감을 하나 따서
껍질을 벗기려 하지만

일명 뽀글이 밀감이라
마음대로 껍질이
벗겨지지를 않아서 애를 쓴다

"이리 줘봐
할아버지가 벗겨 줄게"
껍질을 벗겨서
먹기 좋게 갑을 나누어 주자

작은 속껍질이
살짝 붙어 있는 걸 보고
"이걸 먹으면 안 죽어요?"

"이놈의 자식!
고작 다섯살 배기가
죽음이 뭔지 알기나 하고?"

손자의 이도離道

"할아버지!
저희들 가요
안녕히 계세요"

하늘엔 태양이
먹구름 뒤로 숨는다

너븐 못가에
실버들이
잘가라, 잘가거라
계속, 계속 손을 흔들어 주네

너븐 못(광지동廣池洞 마을의 지명 유래가 된 연못)

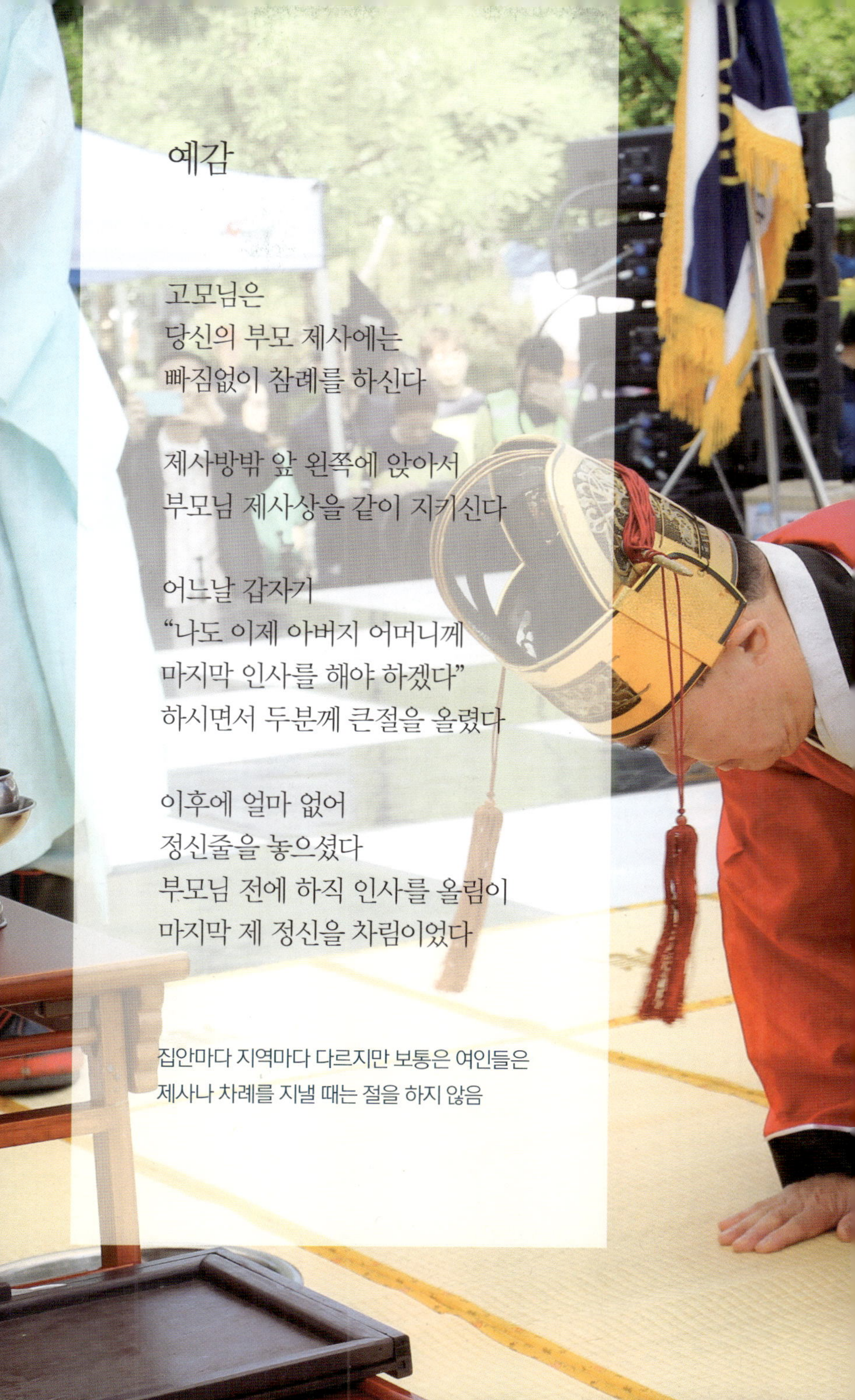

예감

고모님은
당신의 부모 제사에는
빠짐없이 참례를 하신다

제사방밖 앞 왼쪽에 앉아서
부모님 제사상을 같이 지키신다

어느날 갑자기
"나도 이제 아버지 어머니께
마지막 인사를 해야 하겠다"
하시면서 두분께 큰절을 올렸다

이후에 얼마 없어
정신줄을 놓으셨다
부모님 전에 하직 인사를 올림이
마지막 제 정신을 차림이었다

집안마다 지역마다 다르지만 보통은 여인들은
제사나 차례를 지낼 때는 절을 하지 않음

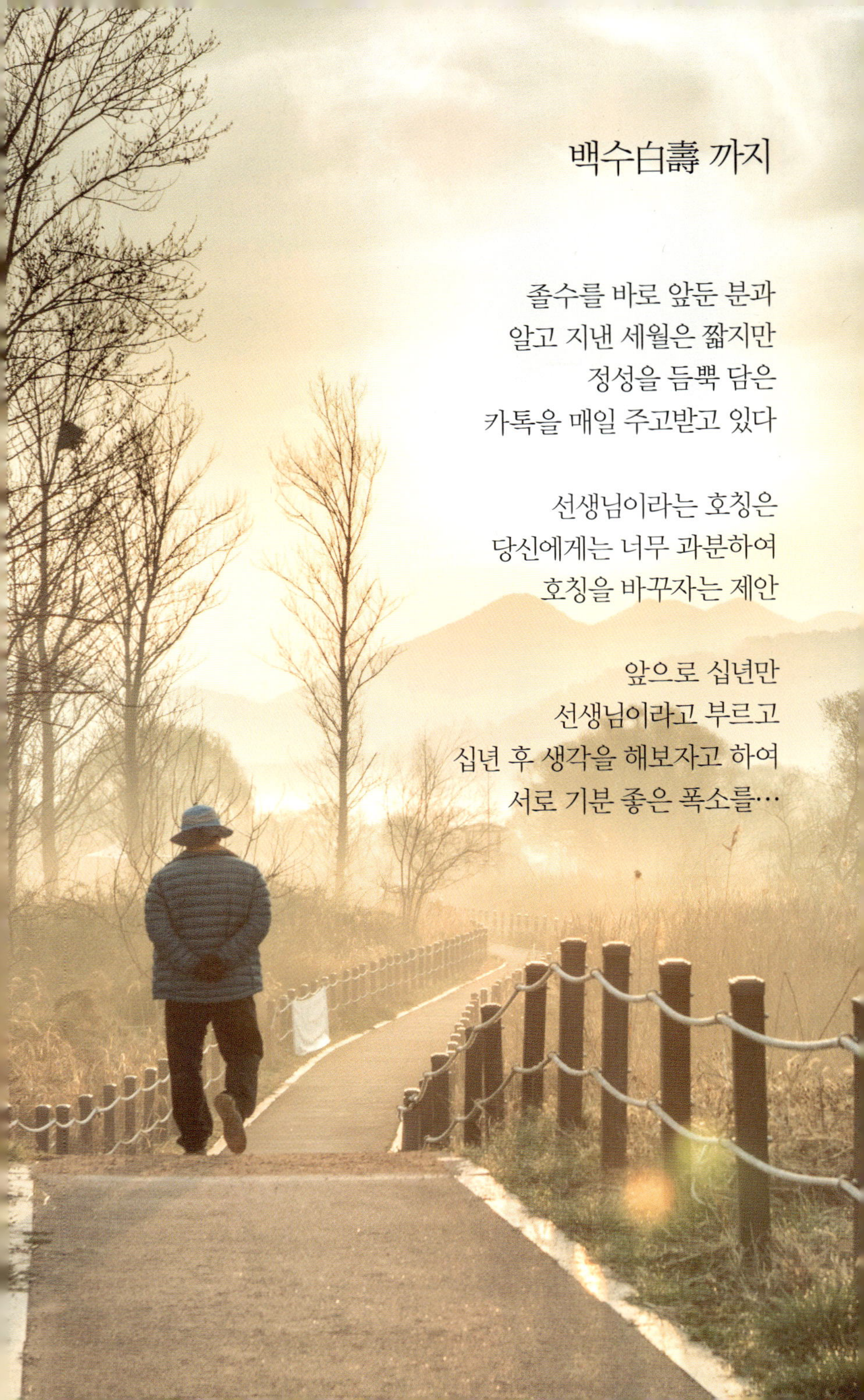

# 백수白壽 까지

졸수를 바로 앞둔 분과
알고 지낸 세월은 짧지만
정성을 듬뿍 담은
카톡을 매일 주고받고 있다

선생님이라는 호칭은
당신에게는 너무 과분하여
호칭을 바꾸자는 제안

앞으로 십년만
선생님이라고 부르고
십년 후 생각을 해보자고 하여
서로 기분 좋은 폭소를…

# 또라이 농군들

많은 사람들이
무심코 지나쳐 간 길
그 길 한 켠

밑바닥에서
밟히고 찢겨져도
굳건히 다시 일어나
제 자리에서
아름다운 꽃을 피우는 들풀처럼

왜? 어떻게?
물음표에 꼬리를 달고
그 이유를 헤집어
풀고 가려는 이들

그들의 이글이글 타는 눈빛에는
내일의 꿈과 행복의 기쁨이
모락모락 피어오르고 있었다

또라이 : 비상식적인 말이나 행동을 하는 사람

# 몽생이

한라산 기슭 푸른 들판
동서남북
종횡무진
뛰여 놀던 몽생이

어느날
고삐에 묶여
외양간으로
끌려간 나

던져 주는 먹이나 받아 먹는
애처로운 내 신세

창문 넘어
푸른 들판은 변함이 없는데

서산 넘어 가는 태양
유난히도
노을이 곱구나

몽생이 : 망아지의 제주어
코로나 확진지 방문으로 자가격리 하는
여자분의 심정을 묘사한 시입니다

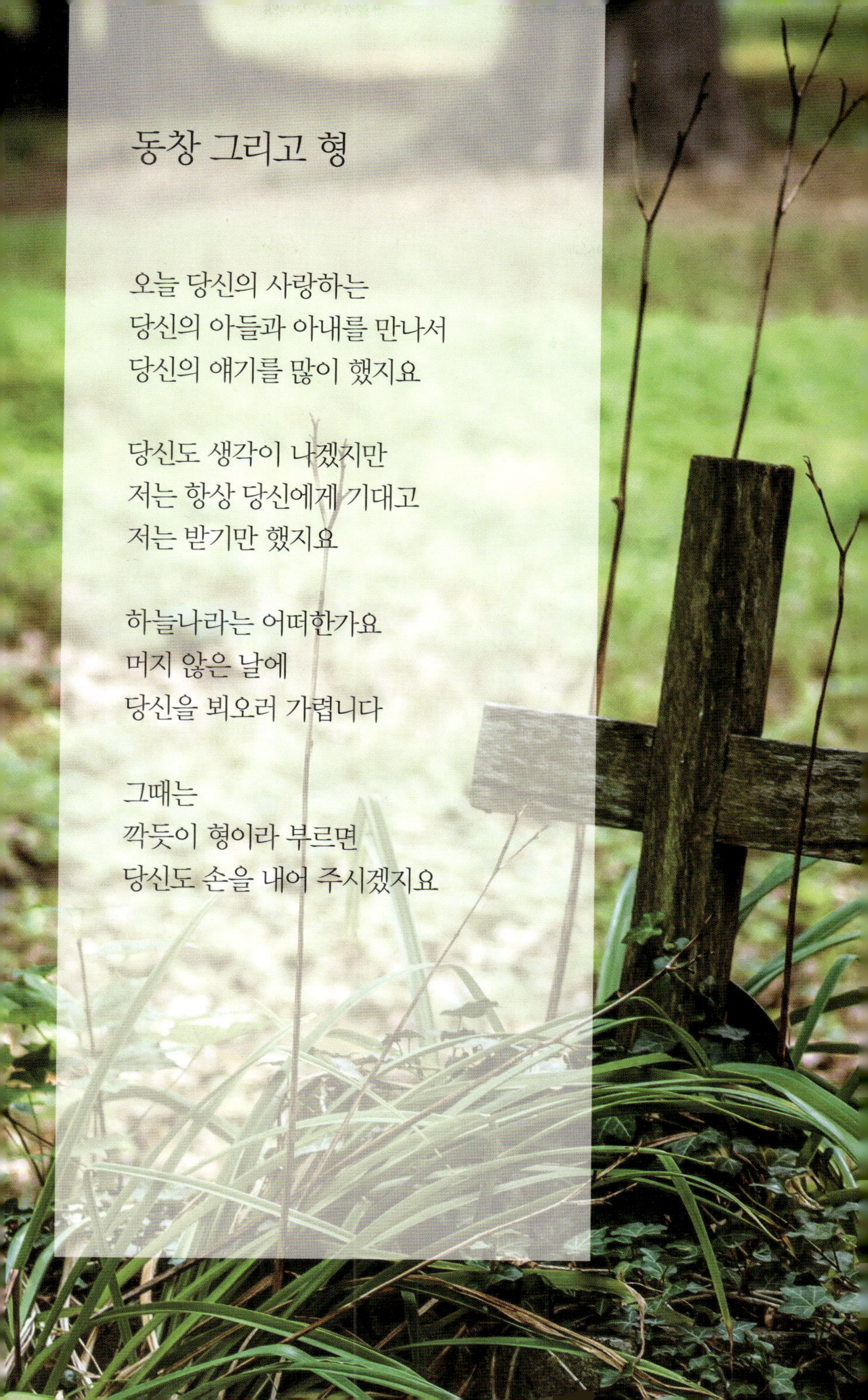

# 동창 그리고 형

오늘 당신의 사랑하는
당신의 아들과 아내를 만나서
당신의 얘기를 많이 했지요

당신도 생각이 나겠지만
저는 항상 당신에게 기대고
저는 받기만 했지요

하늘나라는 어떠한가요
머지 않은 날에
당신을 뵈오러 가렵니다

그때는
깍듯이 형이라 부르면
당신도 손을 내어 주시겠지요

# 명정 銘旌거리

향교에 적을 두어
성균관 전의를 제수를 받아

내가 갈 때에
관위에 덮혀질

내가 간 후에
비석에 영원토록

제삿상
맨 앞에 올려 놓아줄…

성균관 전의典儀 : 품계로는 2품임
명정銘旌거리 : 죽은 뒤에 명정에 올릴 재료라는
뜻으로 변변치 못한 사람이 본분에 지나치게 행
동함을 놀림조로 이르는 말입니다

# 당신을 그리는 조사시

당신은 남원 쪽으로 이주를 해서 오랫동안 살아 가면서도 마음을 나눌 수 있는 사람이 한 사람도 없었는데 늦게나마 젊은 친구를 만나서 마음속 얘기를 전부 털어 놓을 수가 있어서 참으로 기쁘다고 웃음 지으셨죠.

저도 선생님이자 대 선배님과 대화를 나누는 게 참으로 좋아 했었습니다. 호칭을 형이라고 하라고 했지만 저가 너무 민망스러워서 어르신이라고 호칭을 하니 실망스런 모습을 보이시면서 나는 앞으로 동생이라고 부르겠다고 고집하셨지요..

이제 마지막으로 당신의 영전에 당신의 뜻대로 형님이라고 크게 불러 봅니다.

형님! 이제 어깨에 짊어진 무거운 짐을 모두 내려 놓으시고 영면 하시옵소서.

머지않은 날 당신을 찾아뵙고 못다한 정을 나누렵니다.
그때 가서 모르시겠다고 하시면 안 됩니다.

형님! 잘 가십시요. 그리고 기다려 주십시요. 꼭! 만나리라 기대해 봅니다. 왜? 왜? 눈가에 이슬이 생기는지 저도 잘 모르겠습니다. 잘 가십시요. 영면 하시옵소서.

# 조손祖孫 경쟁

어느날
내가 한자를 끄적이고 있는 것을 보고
호기심이 생긴 것인지
자기도 한번 해보고 싶다고
곁에서 보고 있던
지 애비 왈
"할려면 할아버지 만큼은 해야 된다"고 다독였다

며칠 후 손자는 학원에 등록을 하고
한자 3급 공부를 하던 때였다
어느날 말도 없이 나의 책상위 종이에
壞자와 襄자 두자를 써 놓고
"할아버지 이 글이 무슨 자예요?"하고
물어 오는 것이었다

양자 같은데
"아! 아시네요" 하고
조금은 기가 죽은듯 물러가 앉는다

지금의 자기 정도면
할아버지의 실력을
앞섰으리라
생각을 한 모양이다

무슨 양 자냐고
다시 물어 왔으면
모르겠다고 했을텐데…

# 나이가 드니

모든 걸
손에서 내려놓는 게
참으로 쉬어진다

억지로
잊으려 노력을 안 해도
자동으로 지워지지만

가슴속 깊숙이 숨겨진
가슴 아픈 일은
오히려 뚜렷하게 남아

잊혀도 좋을 일들만
차곡차곡 쌓여만 있네

# 첫눈

산에는
눈이 내리는데

어머니가 계신
산에도
눈이 내리는데

평생
천식을 늘 갖고 다니시다
천식을 갖고 가신 어머니

에이는 내 맘을 아는지
철 잃은 천둥소리가
내 맘을 대변해 주네

# 유통기한

정도에 따라
서로서로 다르겠지만

이제 얼마나 남았을지
참으로 궁금하기는 하다

어느 때가 되더라도
미련의 끈은 남겠지만

언제일지 모르는
답을 찾아 헤매임 없이…

# 아름답다고 말할 때

꽃으로 태어나려
잉태한 그 봉우리가 아름답다

꽃은 살랑거리는
바람의 노래가 곁들여야 아름답다

꽃은 밤이슬을 머금고
하늘의 별을 감싸 안아
춤을 추어야 아름답다

꽃은 송이송이 어우러져
수다를 떨어야 아름답다

# 더 넓은 세상으로

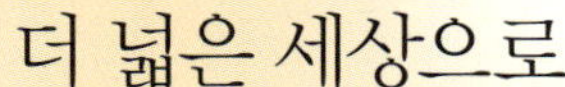

십여 년 전부터
우리집 창고에 대를 이어
무단입주를 한 들고양이

지난 이른 봄에는
세 마리의 새끼를 낳아
사랑으로 보살피더니

또다시 어미가
해산의 기미가 보였음인지
두 마리는 멀리멀리

남은 한 마리만이
매일매일
이별의 슬픈 울음을 흘리며
어미 곁을 맴도네

# 오늘의 만찬

황혼의 짙어진 시간
목마르고 배가 고프다

남이 알아주질 않을
허드레한 글이라도
한줄 써 놓는다면

배고픔과 목마름이
시원하게 해결 될 것 같은

황혼이 짙어진 시간에
숟가락질을 배워 나가는…

조그만 더

참으로
오래 쓰기는 했다

오늘 당장
서 버린다 해도
조금도 이상하질 않을

노후화의 속도는
더욱더 빨라만 지고
세월은 빨리도 달린다

어느날 갑자기
멈춰 서 버릴지도 모를
중고품을 닦고 또 닦는다

# 대가代價

마을 어촌계의
용신제 축문 제작
의뢰를 받고
나름대로의 완성

축문 제작 의뢰를 한 저명인
많은 사람이 모인 자리

"내가 알기론 우리 읍에서
이 만큼의 글을 만들 사람이 없다" 라고

생각지도 않았던
저명인이 되었다

# 돌아오질 않을 배

떠나 가네
한번 가면
다시 못 올 길을
떠나 가네

무심한 사공은
표정도 없이
노를 계속 계속 젓기만 하네

사공아
잠깐만이라도
그 배를 멈추어다오

작별의 손짓이라도
서로 건넬 수 있게

# 종終소리는 울리고

몇 달 전까지만 해도
줄기차게 솟아올라

바닥을 보인다는 것은
꿈에도 상상을 못했던

그저 신이 나서
물을 떠 담아
가슴속까지도 달래던

물을 떠 담던
바가지도 닳고 닳아

있을 때
아껴 쓸 줄 모르는…

# 등단

오랫동안
편지를 주고 받으며
가슴속 깊숙이
정성을 담뿍담은

그녀는
이미 나의 가슴속에
깊숙이 자리 잡은 시인

나 역시
그녀의 가슴 속에
깊숙이 심겨진 시인

서로의 가슴속에
깊숙이 심겨진 시인들

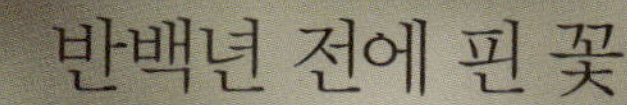

# 반백년 전에 핀 꽃


앨범속에
곱게 곱게 펴서 넣어둔


그녀는
결혼 생활이 파탄을 맞아
무척 힘들어 하던 시기


내 가슴속에
담겨져 있는 그녀가
살포시 다가와
사연위에 모습이 겹친다

# 여름 길위에 핀 꽃, 노출

많은
사람들이
오고가는
사람들 속에

아름답게 피어
흔들리는 꽃

무더위를 덮으며
피는 꽃들이
오늘따라
너무나도 아름답다

# 먹 돌

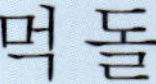

반백년 여 전까지
한동네에서
같이 자란 그녀

문이 열리기만을
목이 빠지게
기다리고 바랐다던

그녀의 아쉬운 푸념

눈길 한번 주지 않는
멍청이 바보!

# 어둠 속의 눈동자

늦은 저녁시간
집 전화벨이 길게 울린다

칠팔년전
어머니를 찾아
울산에 갔다던
그 여인

약속한 다방으로
달려 가보니
그 여인은 보이질 않고

그 여인이 앉아 있었던
그 자리는
아직도 따뜻한데…

# 장마

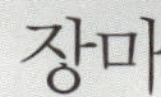

짙은 구름 속에 갇인 해
그 짙은 구름 속을
헤쳐 나오려
안간힘을 써보지만

흙배지의 이전투구에
점점 더 깊이 해는 잠기고

언제쯤
짙은 구름이 걷히고
해가 얼굴을 내밀지

# 종이비행기

정성껏 접고 접어
서로서로
날려 보내던

종이의 색깔이
차츰차츰
짙어갈 무렵

거센 회오리에 실려
멀리 멀리 사라져 버린

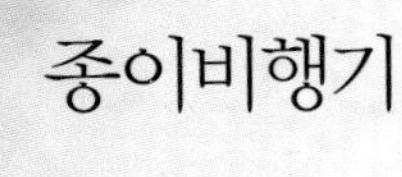

# 나무들은 말합니다

나무들은 말합니다
너무 많은 꽃과 열매만을
기대 하질 말라고

나무들은 말합니다
언제나 기쁜 마음으로
좋은 말 좋은 생각만 하라고

나무들은 말합니다
당신의 사랑으로
어루만져 주심에
참으로 늘 행복하다고…

# 낙엽 1

나는
늦가을
찬 서리가 내리면

나는
큰 나무 밑에
기꺼이 떨어져 내려
나의 작은 시체를

나는
그 나무를 키우는
한줌의 거름이 되리라

# 어찌 할까요

어찌 할까요
밝은 세상이라고
말씀을 하시면
그대로 믿고 싶습니다

어찌 할까요
해는 서산마루를 향하고
밝은 내일은 다시 올까요

어찌 할까요
밝은 내일은
어디쯤에 와 있을까요

## 왜 이렇게 까지

노인 회관
자동문이 무섭다

치과의원
자동문이 무섭다

우울증과 공황장애가
몸 깊숙이 스며드니
신경 정신과
자동문이 무섭다

머리에 새기지도 못할
책장을 억지로 넘기며
몸부림을 치는 내 모습이
제일 무섭다

# 장인어른의 자탄가

"이 풍진 세상을 만났으니
너의 희망이 무엇이냐"

아버지를 일찍 여의고
십대에 십남매의 가장이 되셨던

술을 한 잔 하면
한이 서린
탕자 자탄가를 부르셨다

지금은
한이 서린 그 노래 소리를
꿈속에서나 듣게 되었네

# 봄은 밥상위에

춘분을 이틀 앞둔
꽃샘추위가 살짝 감돈다

오는 길이 헷갈려서
봄과 겨울을 넘나드는데

아침 밥상에는
겨울을 힘들게 넘긴
햇고사리 반찬

저녁 밥상에는
노란 배추 꽃동 김치가

오늘은
아침 저녁으로
봄을 삼킨다

# 인생길

여보게
푸름은
어느 한 곳에
머무는 것을
싫어한다 하네

쉬어 가잔다고
쉼이 아니라
걸음이 더뎌질 뿐이네

오늘의
최고의 푸른 날
걷고 또 걸어가게나

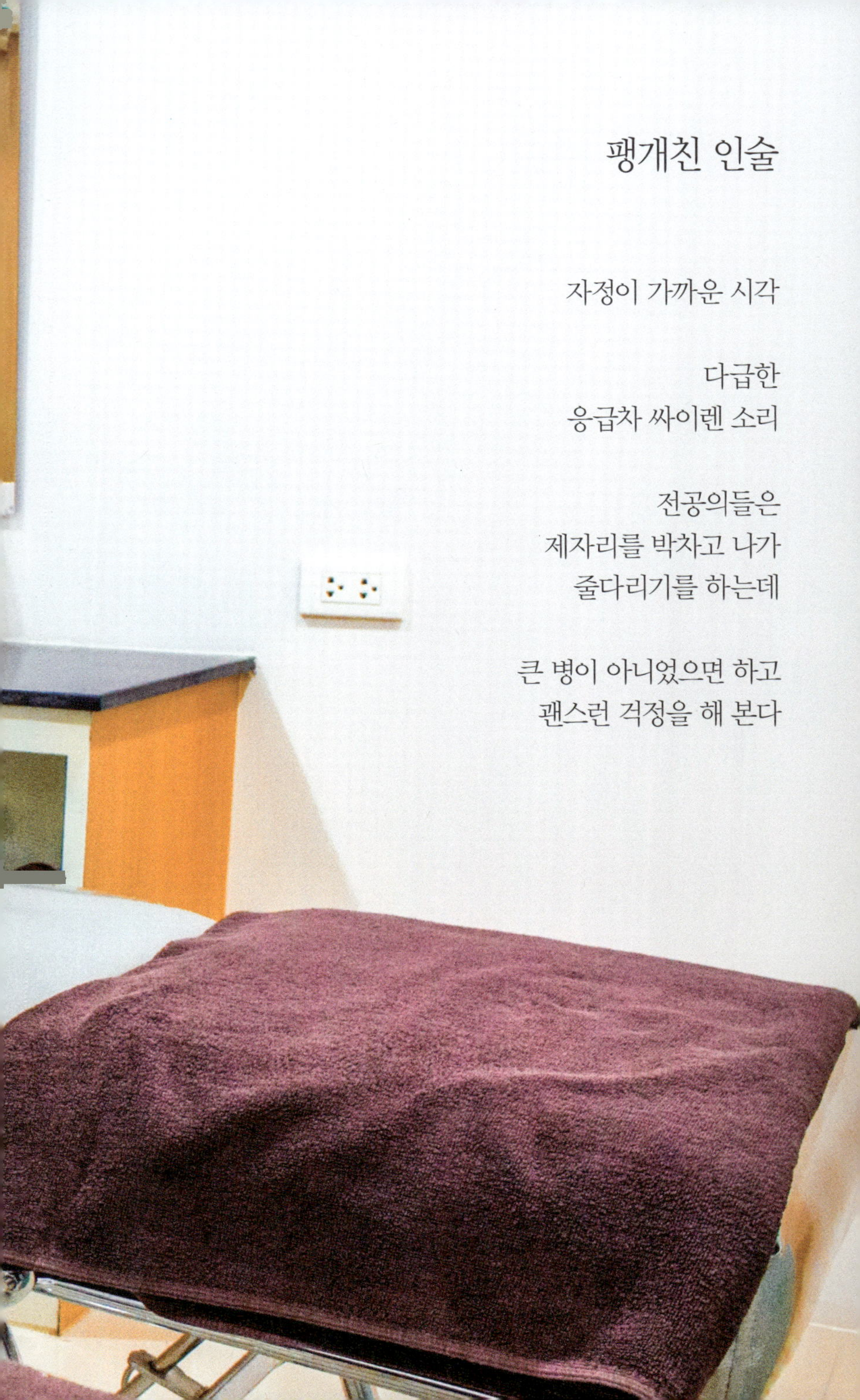
팽개친 인술

자정이 가까운 시각

다급한
응급차 싸이렌 소리

전공의들은
제자리를 박차고 나가
줄다리기를 하는데

큰 병이 아니었으면 하고
괜스런 걱정을 해 본다

# 막내 손자의 문자 메세지

초등학교
갓 2학년이 된
손자의 문자 메세지

"뭐하고 이어요"
"할아버지와 할머니는
하우스에서 일하고 있다"

다시 온 문자 메세지
"열심히 하고 건강 하세요"

오타가 생기고
문맥이 맞지 않은 내용이지만
입가에 빙그레 미소가 번진다

집행유예

나는
세 번이나
유예 선고를
받았다

누구나
언제인지는 모를 뿐
정해진 시계 속에

서쪽으로 기우는 해는
빠르게 서산으로 숨고
마음은 바쁘기만 하다

언제 닥칠지 모르는
형 집행을 늦추어 보려고
오늘도 무거운 걸음을 내딛는다

## 암초

몇 년 전부터
겨울 왕자라는 감귤 품종을
남의 권유에 따라 재배를 했다

목적지는 있지만
목적지에 가는 방법은 모른다

무슨 일이던지 파고는 있다
그 파고를 순탄히 넘을 수 있을지
아니면 그 파고에 휘말려
절망의 늪에 빠져 허우적거릴 지도
그 어느 누구도 모른다

무디어진 머리로
오늘도 답을 찾아 헤맨다

# 애착

오래전에
정신이 흐린 것처럼 보이는
할머니 한분이
대바구니를 등에 지고 가며
틈틈이 무언가 주어서
대바구니에 넣는다

나도 새벽길을 걸으며
볼트, 너트, 나사못 등을
주워서 호주머니에 넣는다
버려진 것들이 꽤 많다

주워 온 것들은 낮잠을 잔다
현재는 사용하지 않지만
장래에 쓰일 곳이
꼭 있을 것만 같아서…

# 꽃 동백

토종은 갔다
재래종은 아주 멀리 멀리
연분홍 꽃 동백이
도로 양옆을 점령

내눈을 의심할 정도로
꽃은 만발하고
우리의 눈을 유혹함을
부정은 못한다

동물도 개량종으로
사람 까지도
토종은 가고
개량종으로 변해만 가려하네

# 제삿날

생전에
아버지의 일방적 행위에
언제나
어머니는 고개를 숙였다

돌아 가셔도
생전처럼 할까
생각이 들어
산소도 백여 미터 거리에

당신들 제삿날에도
다정히 손잡고 오는 일은
없을 것이라고
우리들은 얘기를 한다

제사상에는
자식들이 앉히니까
앉기는 하겠지만
등 돌려 앉고 싶겠지요

가실 때에도
따로따로
무거운 걸음을 옮기겠지요

# 고부 갈등

살아생전에 무척이나
갈등이 심했던 두 분
먼저 간 시어머니를
이장을 하여
가족 묘지로 모시려 하는데

먼저 와서 묻혀 있는
며느리 곁으로 오게 되어
비록 흙 한줌이라도
따로 모시고 싶지만
사정이 여의치 않아서
고민이란다

살아생전의 갈등이
한줌이 흙이 되어서도
자손들의
가슴속 깊숙이까지
깊이 남아 전해질 줄은…

# 사흘 남은 달력

마지막 잎새처럼
부르르 떠는
그마저도
매달려 있음에
무겁게 보였던지

막내 손자가
잽싸게
쥐에 뜯긴 것처럼
밑쪽을 뜯어 놓았다

사흘 후 내려 놓으려면
참으로 가벼워질 터

그러나
멈추지 않는 세월은
더욱더 무겁게
내 가슴을 짓누른다

# 쥐의 태업

우리 컴퓨터에는
잘 길들여진
쥐가 한 마리 산다

지금까지도
전혀 게으름을 피우질 않고
나의 지시를
참으로 잘 따랐다

오늘 새벽부터는
태업을 시작 하였다

조련사를 불러서
먹이를 주던지
아니면
다른 쥐를 구해야 할 것 같다

# 벼들은 안다

윗마을 벼들은
다 같은 칠월인데
벌써 가을이 깊은 듯
가을 추수기 때 모습

아랫마을 벼들은
짙푸른 녹색을 띠며
한가하게 낮잠을 즐긴다

그동안
눈 속에만 그려 넣었던
사진을 꺼내어 들여다 본다

2008년 7월 6일 개성을 관광하며
남쪽의 벼와 북쪽의 벼를 비교하여 쓴 시입니다

# 어둠 속에서

윗마을 사람들은
어항 속 금붕어가
입만 뻐금거리며
어항 속만 제 세상으로 알 듯

작대기 두 개를 가로 세로 묶어
옷만 걸쳐 놓은 것 같은
허수아비와도 같은

아랫마을 새들은
허수아비에게는
속지를 않는다
방울 소리에도 놀라지 않는다

윗마을 사람들은
넓은 이 세상을
언제쯤 알 수 있을런지

2008년 7월 6일 개성 관광 후

## 절 拜 받기

남원리 1501번지
노지 황금향 농장

몇 해 전부터
이맘때만 되면
외관이 좀 안 좋은 것을 따서
무상 무인 판매를

우리 막내 손자가
배꼽 인사를 하듯
고맙다고 인사를 하고 갖고 간다

"누구든지 가져 가셔도 좋습니다" 라는
팻말이 그네를 탄다

# 무덤에 핀 꽃

큰 장모님은
딸 둘을 낳고
일찍 가셨다

두 번째 오신 분은
칠남매를 낳으셔도
친생자로 호적에 올리지 못하고

돌아가신 장모의
친생자로 호적에 올릴 수 있었다

장인 어른이 우스갯소리
"무덤에 가서
아기가 울고 있으면
데려오고 또 데려오고
이렇게 칠남매를 데려다 기운다
허허허!…"

나중에 오신 분은 4.3사건 당시 4.3가족이어서
연좌제에 연루될까 봐서 돌아가신 분의 사망신고를 않고 있다가
그의 친생자로 호적에 올린 사연을 담은 시입니다

그리움

아버지가
돌아가신
그때부터

어머니가
돌아가신
그때부터

매일매일
찾아와
내 가슴속을
후벼 놓고
떠나갑니다

# 잔주름

안경으로
가려진
실개천 같은

가랑비에도
흘러 넘쳐서

넓은 바다로
흘러 내려가
그동안 살아온
삶의 얘기를
전부 다 털어 놓으려는…

# 거울 속에 담긴 세월

오늘
거울에 비친 내 얼굴을
가까이 쳐다보니
내가 아닌
남이 서있는 것처럼
서툴어 보인다

믿기 싫지만
믿어야만 하는
세월이 만들어 놓은
구겨진 모습

서글픈 가슴속을
진정을 시키려
애를 써 본다

# 거울 속에 사람

안경을 벗고
거울을 가까이 들여다 보다가
가슴이 철렁!

거울 속에는
생전 처음 본 듯한
가는 잔주름이 가득한
노인 한사람이
눈을 껌뻑거리며
나를 마주 본다

내가 아닌
남이었으면…

# 휘파람새

새벽 4시경
동쪽에서의
목소리는 가늘다

조금 떨어진
서쪽에서의
목소리는 굵다

서로의 짝을 만나
깨소금을 볶고 있으려니

며칠 후
소박을 맞고
친정집을 왔는지
흐느끼는 가녀린 울음소리만

밝은 날
날씨는 아주 맑음인데

# 어머니는 가슴속에

중학교 동창과
술 한 잔을 하는 자리

그는 느닷없이
어머니를 요양원에 모셨다 했다

어머니를 찾아뵙고
뒤돌아 나오면
자식의 모습이 안 보일 때까지
뒷모습을 쳐다보고 있을 것만 같아
고개를 뒤로 돌리지도 못하고
울컥울컥해 한다고 했다

그래도
그는 어머니가 살아 계시다

우리 어머니는
고작 60세에 가셨다
40여년이 지난 지금까지도
내 가슴속을 벗어나질 않고
내 가슴속에 살고 계신 어머니

# 친구의 흐린 목소리

지난 칠월 말
아내의 고희 기념으로
자녀들이 마련한 육지 여행

경주일원을 돌아다니다
김해에 들러서
친구에게 전화를 했더니
근무 중이어서
만나보지 못함을
못내 아쉬워했다

고향에 흙 한줌이라도
남겨두고 왔더라면
그 흙을
다시 밟아 보기라도 하련만

고향 생각은
매일매일 밤마다 찾아오고
혼자서 울컥울컥해 한다고 했다
나도 같이 울컥한 마음이
가슴 한 곳을 가득 메움을…

# 기분 좋은날

팔개월여
병의원 문턱이 닳도록
드나들었다

한 달여 전만 해도
검진 결과는
몸속 어느 한곳도
성한 곳이 없다 하였다

한 달여 후 오늘
검진 결과는
거의 모든 게 정상수치

참으로 기뻐서
눈물을 흘릴 뻔 하였다

거짓이어도 좋다
정상이란 말이
얼마나 듣고 싶은 말이었는지

# 천일염

일본에서
방사능 오염수를
방출한다 하여
천일염이 꼭꼭 숨어 버렸다

암염이나
소금나무로
천일염이 자리를
지켜지기나 할까

사재기를 한다고 해도
오래 가지는 못할 터

소금이 없는 세상은
온 세상의 빛이
사라짐과 같음이려니

## 순종

감귤 나무의 가지치기를
내 맘이 가는 대로
내 손이 가는 대로
내 뜻대로 자른다

아무리 모질게 대해도
동물 학대는 있어도
나무 학대란 없다
딱! 한사람
아내의 제재만 없으면

이 세상에서
나의 뜻을 따르고
내 맘대로 할 수 있는 것은
오직 이 나무들 뿐
그래서 사랑을 하는가 보다

# 제 몫

얘야
길옆에 자라는 잡풀도
하찮은 잡풀로만
보일는지 모르지만

얘야
눈을 크게 뜨고 보거라
하찮게 여겨지는 잡풀도
밟히면 훌훌 털고 일어서고
아무리 비바람이 괴롭혀도
원망을 하지 않음을…

얘야
발부리에 걷어차이는
하찮아 보이는 돌멩이도
때에 따라선 물을 건너는
징검다리가 됨을…

# 영춘화

대한을 삼일 앞둔
토산 작은 망 오름 정상 부근

귓불을 간지럽히는
따뜻한 속삭임에 속아

낮은 담벽을 의지하여
섣부른 발걸음을 옮긴
가냘픈 영춘화 몇 송이

걸음이 더뎌서
일찌감치 왔는지
아직도 봄은 멀리 있는데…

영춘화(개나리)의 꽃말 : 희망, 기대, 깊은정, 달성

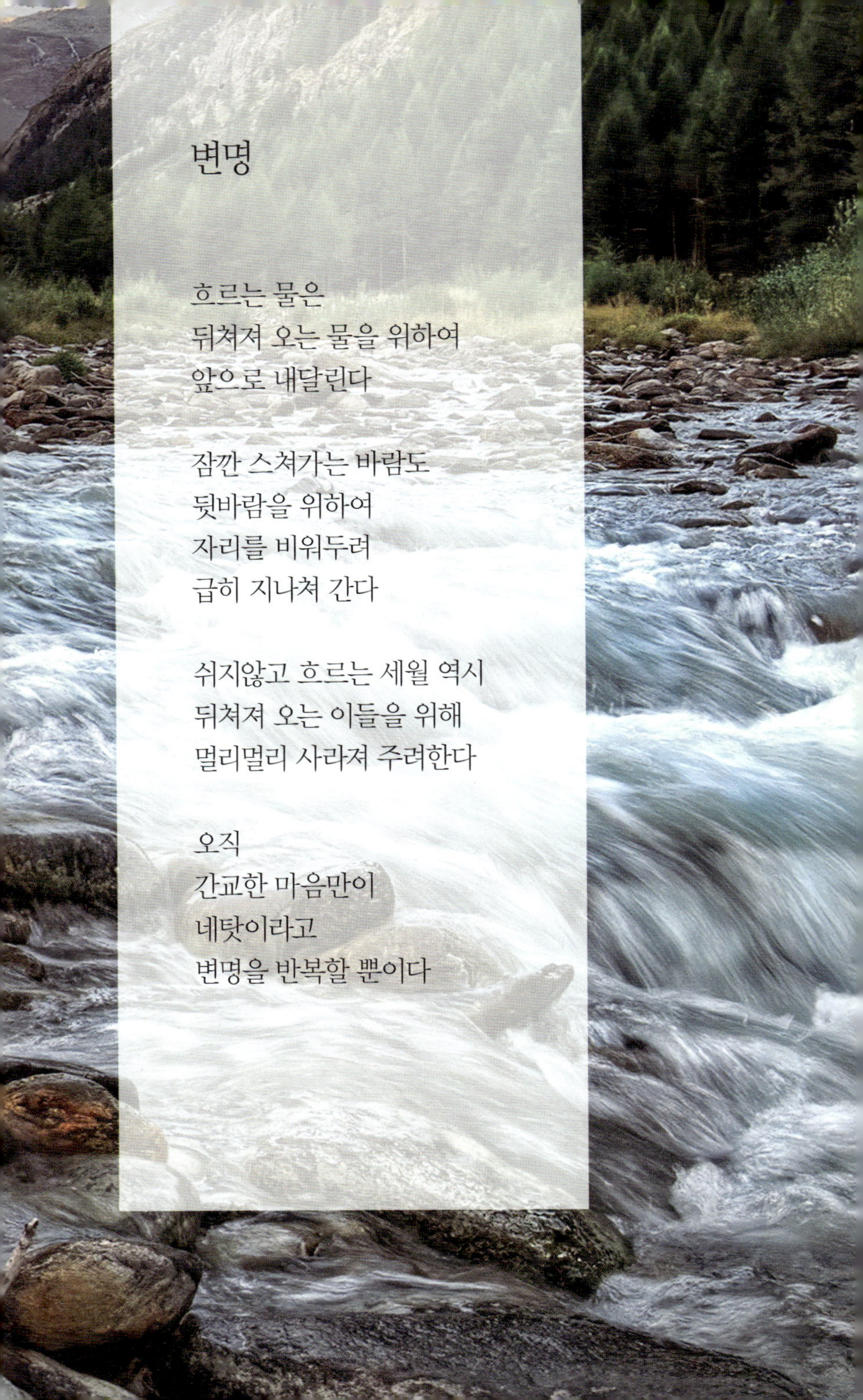


변명

흐르는 물은
뒤쳐져 오는 물을 위하여
앞으로 내달린다

잠깐 스쳐가는 바람도
뒷바람을 위하여
자리를 비워두려
급히 지나쳐 간다

쉬지않고 흐르는 세월 역시
뒤쳐져 오는 이들을 위해
멀리멀리 사라져 주려한다

오직
간교한 마음만이
네탓이라고
변명을 반복할 뿐이다

# 발자취

애들아
지금까지 이어온 삶을
아주 작고 간단하게 써놓은
나의 걸어온 길을
끝맺음 할 때가
가까워 오는 구나

애들아
너희들도 걸어온 길을
지금까지 써 왔던 것처럼
짧고 간단하게 계속 써가렴

애들아
우리들이 먼 훗날
별이되어 다시 만나
서로의 걸어온 길을
그때 서로 비교해 보자 꾸나

2023년 3월에서 11월까지 깊은 병환으로
가족들의 손을 놓을 것 같은 생각에서
쓴 시입니다

# 겨울초

차디찬 눈 속에
갇혀 있으면서도
신세를 한탄 하거나
슬퍼하지 않는다

찬 서리 눈보라에 시달려도
쾌활함을 잃지 않으려

오늘의 이 아픔은
머지않은 날
꽃피는 춘삼월이 오면
깨끗이 씻겨 지겠지

겨울초(유채) : 유채꽃의 꽃말은 쾌활

# 고도古都

만수산 드렁 칡은 엉켜져 있고
충신이 흘린 혈흔 누 만년 가리

황진이 서경덕은 자취만 남고
외로운 박연폭포 눈물 뿌리네

돌마다 선인들이 석각 남기니
관음사 오르는 길에 꽃이 피었네

성균관 유생모습 보이질 않고
뜰앞에 은행나무 하늘 가리네

1연 : 이방원과 정몽주
2연 : 송도 삼절(황진이, 화담 서경덕, 박연폭포)
3연 : 박연폭포 북쪽에 있는 사찰 관음사에 오르는 길 양옆
현무암에 선인들이 새긴 석각
4연 : 고려시대 성균관과 육 칠백년된 은행 나무이며
성인 두사람 반정도가 안아야 안을 수 있는 고목

# 꽃받침

꽃은 제가 고와서
벌 나비가 스스로 찾아와
사랑스런 열매를
맺게 해 주는 걸로만 안다

어느 누구도
보아 주질 않고
알아주질 않는
어둠속 그늘에서

어머니가 사랑으로
자식들을 보살피듯

그 곱던 꽃이 지고
알찬 열매가 맺히면
그와 같이 생사를
끝까지 하는 줄은
꽃은 전혀 모른다

꽃받침 : 과일 꼭지에 붙어 있는 별 같이 붙어 있는 것

# 농군 1

하늘은
늘 땅을 사랑으로 덮고
줄 수 있는 건 모두 주려한다

땅은
존경심을 듬뿍 담아
하늘을 우러러 감싸 안는다

하늘과 땅 사이에는
사랑과 꿈과 행복이 움트고

그 사랑과 꿈과 행복을
단 이슬처럼 머금고
그 사이를 아우르며
세상의 이치를 깨달아 가는 이

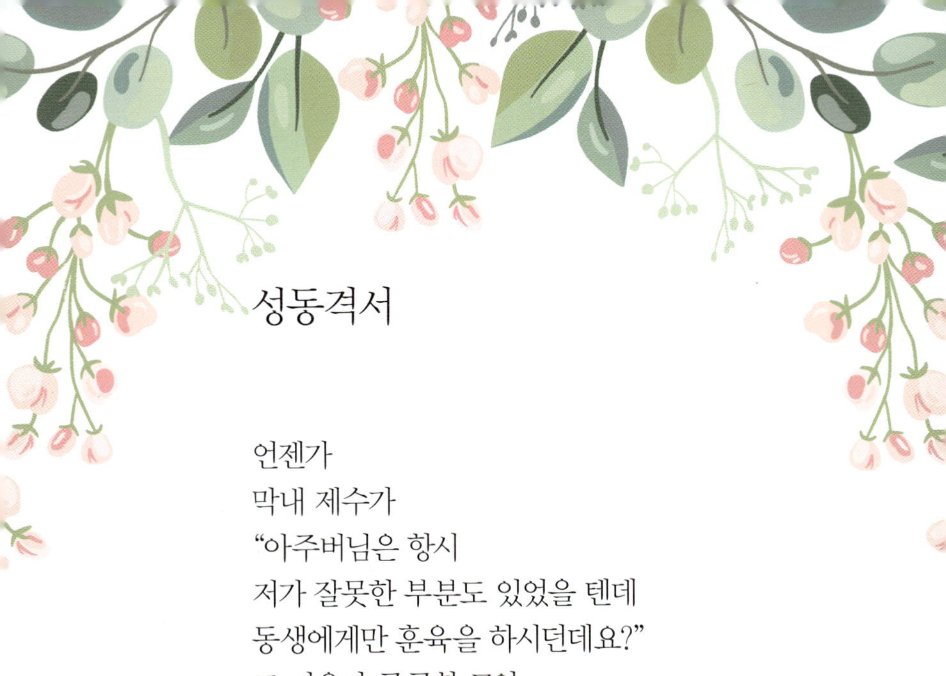

# 성동격서

언젠가
막내 제수가
"아주버님은 항시
저가 잘못한 부분도 있었을 텐데
동생에게만 훈육을 하시던데요?"
그 이유가 궁금한 모양

왼쪽 뺨을 때리면
오른쪽 뺨도 아프며
마음 또한 더 아프지요

동쪽에서 큰소리를 지르면
서쪽에도 울림이 전해지는 법
이와 똑같은 이치인 것을요

제주 속담에 머리 삶다보면 귀 안 익느냐 하는 속담이 있지요.
머리를 삶다보면 귀도 같이 삶아서 익는다는 말이지요

# 한 여인

겨울 추위에
몸을 덜덜 떠는 해는
노루꼬리처럼 너무나 짧다

여름의 뜨거운 해는
달팽이가 혼신의 힘을 다하여
나무 꼭대기에 오르는 것처럼
너무나 발걸음이 더디다

오직 짧고 느림을 상관치 않고
지는 해를 붙잡아서
나무 가지에 매달아 놓고

황혼을 가려 주려고
안간힘을 쏟고 쏟는 여인

# 열기

아내가 감귤따기 일손 돕기를 가면서
"오늘 마트에서 삼겹살 세일을 하는데…" 하고
너무나 아쉬운 표정이다

시간을 맞춰서 가서 보니
모두다 잽싼 사람들로
어림잡아 삼백여명이 줄을 서 있었다

이런 긴 줄서기를
보기도 힘든 광경

삼겹살 사는 것을 포기를 하고
그 뜨거움 속을 벗어나 밖으로 나오니
차가운 겨울 바람이
뜨거운 기운을 식혀 준다

# 인기 투표

우리 가족 열명이
모두 모여서
무기명
인기 투표를 한다면

당연히 나는
내가 나를 찍은 표
달랑 한 표 밖에는 없을 것
인기 순위는 열등劣等

열등劣等 : 보통의 수준이나 등급보다낮음.

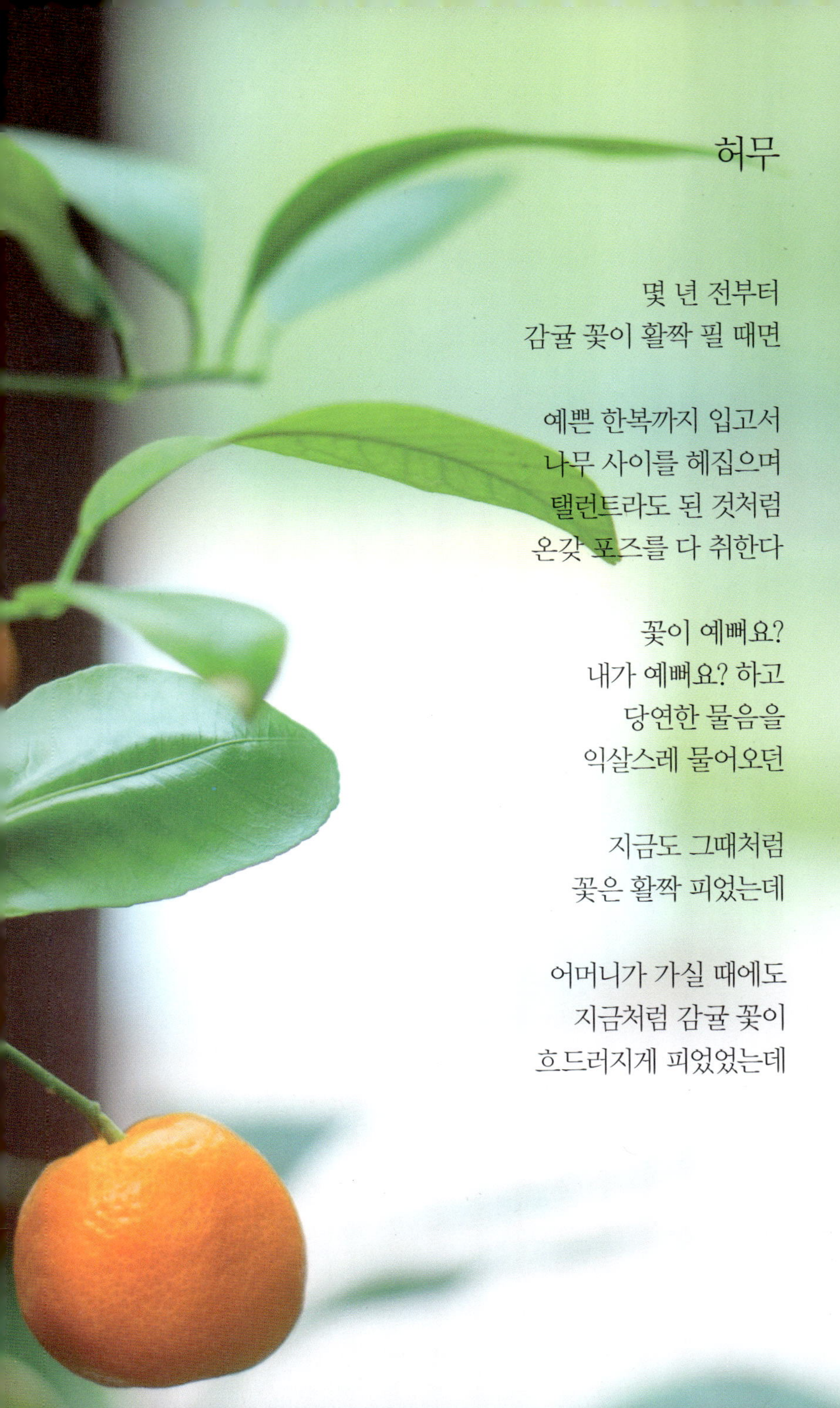

허무

몇 년 전부터
감귤 꽃이 활짝 필 때면

예쁜 한복까지 입고서
나무 사이를 헤집으며
탤런트라도 된 것처럼
온갖 포즈를 다 취한다

꽃이 예뻐요?
내가 예뻐요? 하고
당연한 물음을
익살스레 물어오던

지금도 그때처럼
꽃은 활짝 피었는데

어머니가 가실 때에도
지금처럼 감귤 꽃이
흐드러지게 피었었는데

# 꿈이 연속편

어제, 오늘, 내일
뇌리를 스쳐가는 영상들
덮여진 눈꺼풀 표면에

악몽, 길몽 관계없이
각종 화면이 아로새긴다

어젯밤의 꿈을
이어 보려 해보지만
연속 편은 사라지고
새로운 꿈만이 찾아오네

# 눈길

가로등 불빛이 없어도
달빛이 없어도
저 스스로의 빛으로
환하게 길을 비추는

마음에 담아 두었던
구역질 나는 아픔과
모든 서러움을 덮은

새벽 눈길위에
첫 행인이 되어

뽀드득 뽀드득
반주를 맞추어 가며
홀로 발자취를 만들어 가는

시냇물처럼

졸졸졸 흐르는
시냇물 처럼
세월 따라 흘러가다가

웅덩이를 만나면
채우고 가고

바위에 부딪치면
피해서 가며

깊은 벼랑을 만나면
야호! 야호!를 외치며
신나게 뛰어내려서

어머니의 넓은 품속과 같은
넓은 바다를 만나면
그 품에 안겨 영원히 쉬리라

# 친구야

친구야
간밤에 잠시 잠깐 찾아와서
입가에 엷은 미소만 지으며
말 한 마디 없이
차츰차츰 멀어져만 가더구나

친구야
소나무 가지로 칼을 만들어
병정놀이를 하던 세 친구
한 친구는 아주 멀리멀리

친구야
너무나 오랜 세월 동안
소식조차 전할 길이 없구나

친구야
해는 서쪽으로 차츰차츰 기울고
애꿎은 흰 눈은 계속 계속 쌓여만 가는데
우리 서쪽으로 기우는 해를
잠시 잠깐 멈춰 세워 보지 않으련?

# 묻지 마라

묻지 마라 아이야
얼떨결에
세월에 휩싸이고
바람에 등 떠밀려서
이곳에 와서 뒤 돌아보니
곧은길 보다
휘어지고 굴곡진 길이
더 많았다는 것만은 안다

묻지 마라 아이야
앞으로 가는 길에는
무엇이 있는지 나도 모른다
남들처럼 세월에 묻히고
바람에 등 떠밀리면서
앞으로만 가고 있을 뿐이다

묻지 마라 아이야
그래도 궁금한 게 있으면
오래도록 버텨온
세월에게 물어보고
지나쳐 가는 바람에게 물어 보렴

# 여전히 오늘

오늘밤이 지나
내일이 오면
좋은 일이
꼭 찾아 올 것만 같아

밤잠까지 설쳐가며
새벽 첫닭이 목청을 돋울 때
급히 밖으로 뛰쳐 나가보니
내일은 흔적이 없고

또 다시
오늘만이 빙그레 웃음 지으며
나의 곁에 다가와 서 있네

# 소롱콧 연가

머나먼 먼먼 곳에서
세상을 달리한
떠도는 숱한 넋을
불러올려 위무를 했던 곳

우리 할아버지도
이곳을 통하여
깊은 잠을 자면서
왔다고 전해진

할머니의
손바닥을 다 닳게 하고
눈물지게 했던

소롱콧은
마지막 넋까지
다 맞이하려
파도에 몸을 씻긴다

소롱콧은 남원리에 소재한 해안가 지명
일제시대 일본에 나가 죽은 넋이나
바다에서 조업하다 죽은 원혼을 불러 올려
무닥거리를 했던 곳

# 꽃잎

꽃잎이
떨어진다고
서러워하지 마라
눈물을 보이지도 마라

고장도 없이
돌아가는 세월

쉬임 없이
앞만 보고 달려가는
시계의 초침

아쉬워 마라
힘든 삶도 많이 넘겼으니
이제는 쉬려함인 것을…

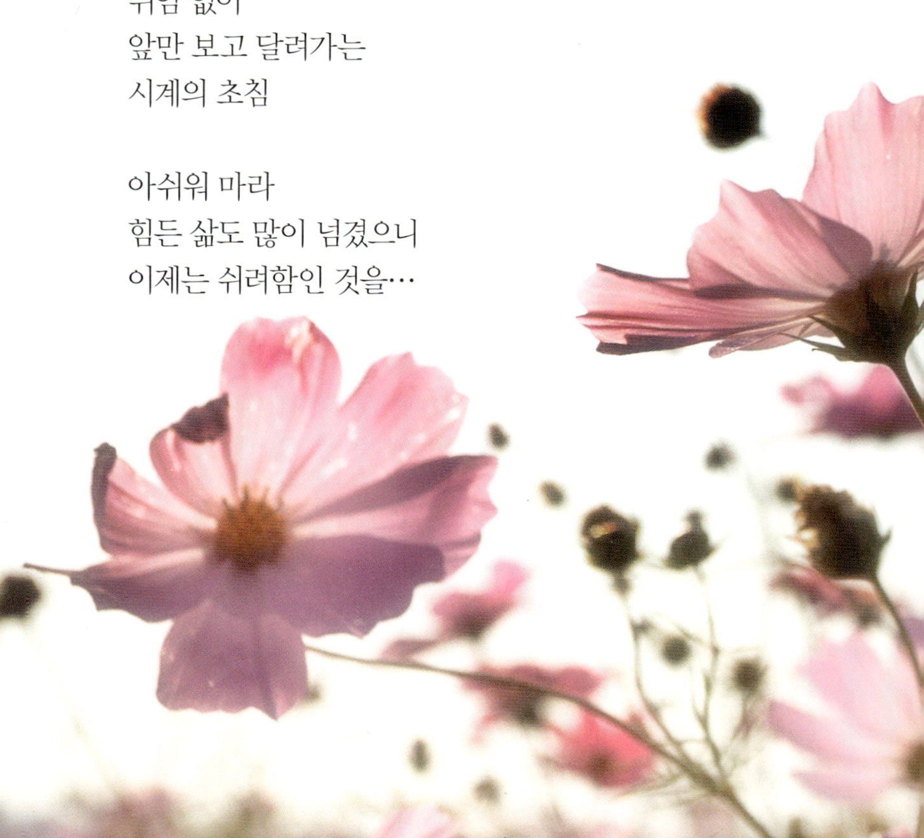

# 단풍잎

뭍사람들의
눈을 반짝이게 하고
마음을 흔들어 놓았던

한 때는 나에게도
눈길을 끌만한
그런 시절이 있었을까

단풍잎은
어머니 손을 차마 놓지 못해
마지막 안간 힘을 쏟는다

얄궂은 바람이 불어서
떨어져 가면서도
어머니의 마지막 모습을
눈에 담아 두려고
고개를 뒤로 젖힌다

# 엄지 척!

아내가
채소류를 심은 옆 공터에는
잡풀도 무럭무럭 잘도 자란다

아내는
보름이 멀다하고
제초 작업에 열심이다
돌아서면
나보란 듯이 돋아나는
잡풀은 밤잠도 안 잔다

아내는
잡풀을 뽑는데만도
한 두어 가닥의
주름살이 더 늘어 난 듯하여
제초 방법을 고안하여
일손을 덜어주었다

아내는
엄지손가락 끝에
납덩이를 매달았는지
손가락 끝이 참으로 무거웠다

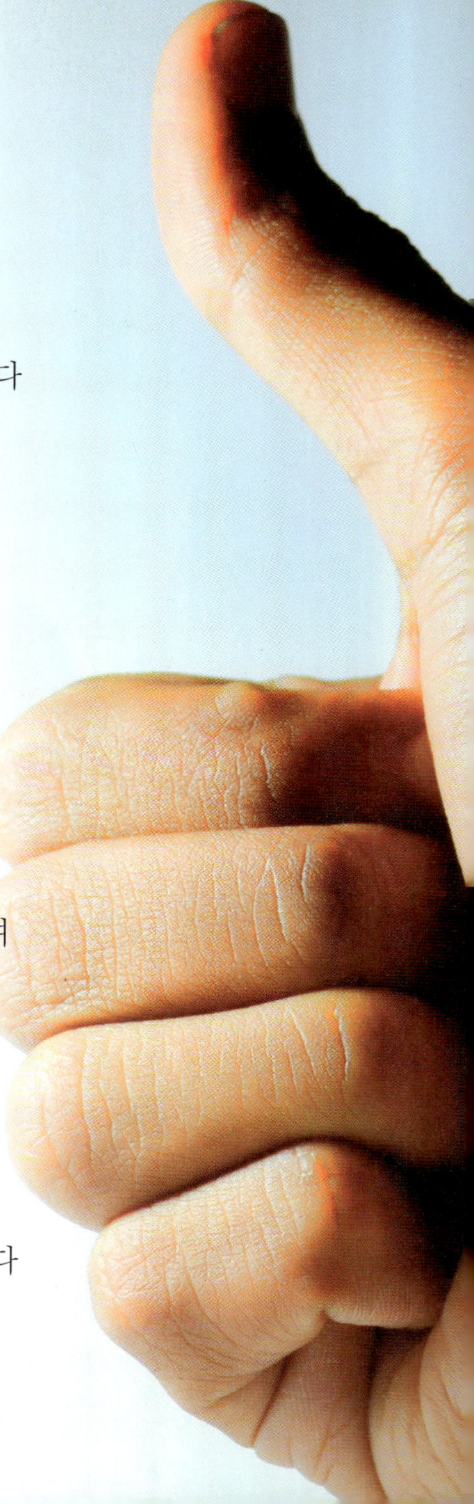

# 낙엽 2

낙엽은
떨어지면서
아파하거나
슬퍼하지를 않는다

낙엽은
이 자리를 찾아올
이들에게
이 자리를 곱게 곱게
넘겨 줄 수 있음에

낙엽은
기꺼이 웃음 지며 떨어져
바람에 몸을 맡긴다

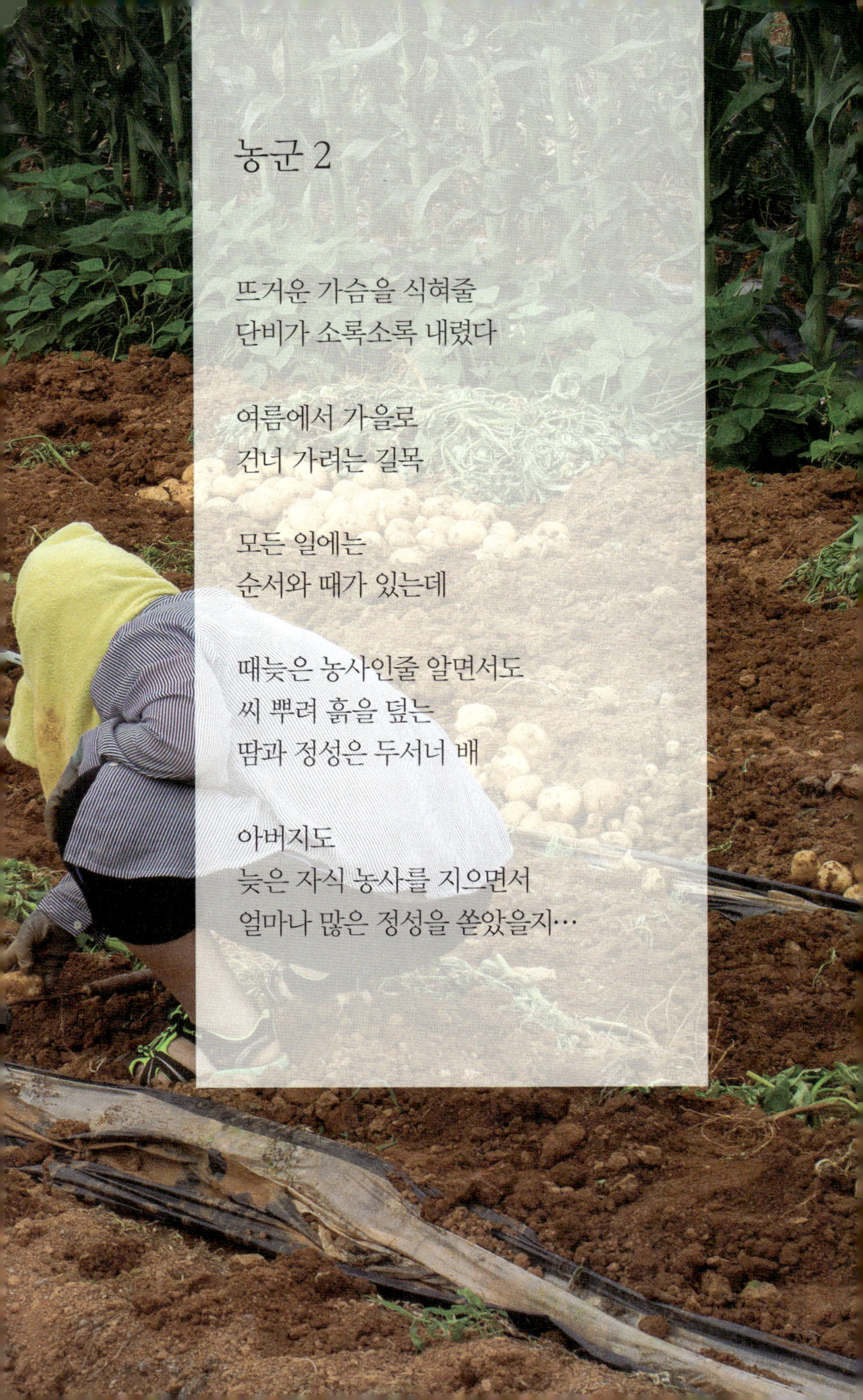

농군 2

뜨거운 가슴을 식혀줄
단비가 소록소록 내렸다

여름에서 가을로
건너 가려는 길목

모든 일에는
순서와 때가 있는데

때늦은 농사인줄 알면서도
씨 뿌려 흙을 덮는
땀과 정성은 두서너 배

아버지도
늦은 자식 농사를 지으면서
얼마나 많은 정성을 쏟았을지…

# 건강 도로

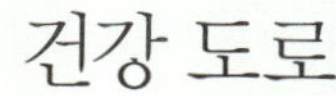

새벽네시 도둑고양이 처럼
이 도로를 걷고 또 걷고

이 길에서는 화타도 만나고
진은교橋 밑 생태 저류지에
개구리와 대화를 나누며
휘파람새 소리도 그린다

미치광이 처럼
온몸을 비틀고 흔들며
트위스트를 춘다고 하여
흉 볼 사람도 없을…

화타 : 중국의 명의

## 아내의 텃밭

밀감나무 품종 갱신을 한
그 사이의 빈 공간에는

부추. 무우, 배추, 파, 마늘
시금치, 상추 등등
빈 땅이 없을 정도로

할머니가 하셨던 것처럼
어머니가 했던 것처럼

아내도 가족들을 위하여
정성을 가득 심고
사랑도 듬뿍 심는다

# 여섯 살배기와의 약속

장수풍뎅이 한 마리를 잡아서
페트병에 담아 놓고
막내 손자에게
내일 오면 준다고 약속을 해놨다

뒷날 아침에 보니
장수풍뎅이가 죽어 있어서
큰일 났다 싶어
급히 차를 몰아서 산으로 갔다

다행히 두 마리를 잡아서
약속을 지키게 되었다

손자는 집에 오자마자
장수풍뎅이를 먼저 찾는다
할아버지는 곤충만큼도 못한…

## 텃밭

할머니가
손자들을 위하여
오이. 참외. 수박을 심으셨다

아버지도 할머니가 해 왔던 것처럼
비파나무, 복숭아 나무, 감나무를
더 보태여 심으셨다

집사람도 해마다 참외, 오이, 수박을 심었다
노랗게 익은 참외는 손자들을 기다린다

우리집 텃밭에는
끝없는 깊은 사랑을 심는 곳

# 할머니의 텃밭

할머니가 사시는 오막살이 옆
텃밭에는 계절에 맞게
무, 배추, 호박, 가지, 오이
상추, 부추, 양파, 들깻잎, 파, 마늘, 고추가
빈자리 없이 심겨져 있다
심지어 키 큰 사탕수수까지도

한두 개 따 먹는 것은
할머니는 모르리라

그렇지만 할머니는 다 안다
어느 놈의 짓인 것까지도

해마다 그 텃밭에는
할머니의 정성이
가득 심겨져 있다

# 솔잎

높바람에
어머니 손을 놓쳐 버린
갈색 솔잎 하나

생이별에
차마 발길이 안 떨어짐인지
어머니 곁을 계속 맴도네

어머니는
어서 넓은 세상으로 가라고
계속 계속 손을 흔드는데도…

# 그믐달

오늘은 스므여드레
새벽 아침을 휘젓는다

나만의 시간을 즐기며
활기차게 걷노라면

지나간 일들이
희미한 그림자 되어
작은 시냇물처럼
졸졸졸

나의 윗 눈뚜껑 같은
그믐달이
내 가슴에 안기어 온다

# 공상空想

새벽 찬 공기를 헤집으며
마음으로 찍어 둔
반환점에 다다르면

그 곳 환승 정류장 벤치에는
따뜻하게 열선이 깔려 있어서
깊은 생각에 잠기기엔 참으로 좋다

사계는 어김없이 돌고돌아
제 자리를 찾아오건마는

인생길은 반환점이 영원히 없는
환승 불가!
반품 절대로 불가!

이 두 구절이
내 가슴 깊숙이 찾아와 안긴다

# 글샘

자금도 나는
배가 고프고 목이 마르다
굶주림과 목마름에 지쳐

언제 까지나
마르지 않을 것 같은 샘

시원한 물이 펑펑 쏟아져
뜨거운 가슴을
식혀줄것만 같았던

극심한 가뭄으로
말라 가려 하는 곳에
한 사발의 물이라도
더 넣어 보태려고
안간힘을 써가며 바동바동!

한줄기의 빗줄기라도
한차례
세차게 쏟아진다면…

# 어머니는 기상 예보관

봄 가뭄이 들어
경운기로 물을 실어다
말라가는 밀감 나무에
물을 주고 있는
나를 보고

"요즈음 한 며칠
마파람이 길게 불고
한라산에 빗 갓을
씌우는 걸 보니
틀림없이 사나흘 안으로
가뭄이 해갈될 정도로
많은 비가 올 것 같다
걱정을 하질 말고
한 며칠만 더기다려 보거라"

어머니는 기상 예보관이셨다

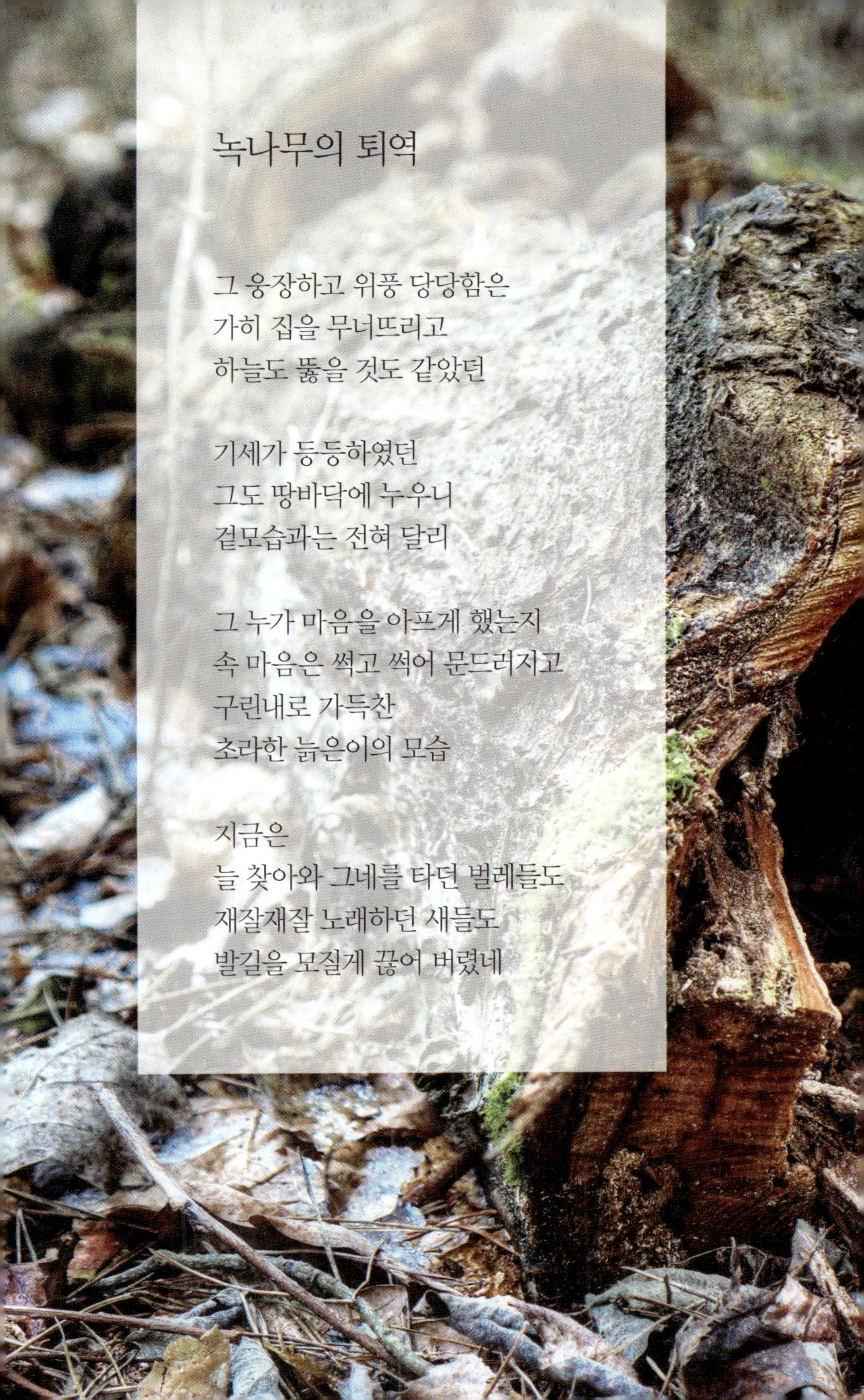

녹나무의 퇴역

그 웅장하고 위풍 당당함은
가히 집을 무너뜨리고
하늘도 뚫을 것도 같았던

기세가 등등하였던
그도 땅바닥에 누우니
겉모습과는 전혀 달리

그 누가 마음을 아프게 했는지
속 마음은 썩고 썩어 문드러지고
구린내로 가득찬
초라한 늙은이의 모습

지금은
늘 찾아와 그네를 타던 벌레들도
재잘재잘 노래하던 새들도
발길을 모질게 끊어 버렸네

# 고사리 채취

먼 산을 향하여
꾸뻑 꾸우뻑

녹음으로 향해 달려 가려는
숲을 향하여 굽실굽실

열두 형제를 낳고 키워
세상으로 내어 보낸
토왕을 향해
허리가 부서져라 굽신굽신

엉덩이는
하늘을 향해 삿대질
하늘이 크게 노해서
비라도 한바탕 뿌릴듯도 하건만
빙긋이 웃으며
따스한 봄기운을 불어 넣어 준다

# 새벽안개

온 세상이 연막 속에 묻혀
자욱한 연막 속으로
빠지고 싶은 충동을 느끼며
그 속을 휘젓는 미치광이

어느 누구도 끼어들 수 없을
오직 나만이 맛볼수 있는
나만의 탑을 쌓고 뉘인다

너무 깊은 생각을 않더라도
짧은 글줄 하나쯤은
솟아오를 것만 같다

안개비가 살포시
내 얼굴을 어루만진다

# 몽당연필

깍아 쓰고
또 깍고 또 쓰고

한때는 사랑도 그리고
꿈도 그려 간직을 했던

이제는 더 깍아 쓰려 해도
더 깍아 쓸 수도 없는

손에 잡히질 않을 만큼
쓸데까지 다 써버린
불쏘시개도 안 될…

# 망중한

한 달여간 넘게
올해 농사 준비를
내가 해냈다는 것을
내 스스로도 믿기지 않을

이처럼의
욕심을 낼 수 있음은
참으로 기적에 가까운 일

지난해 까지만 해도
몸도 제대로 가누기가 힘들어
남의 손을 빌렸었는데

때 맞춰
봄가뭄에 목말라했던 대지 위에
반가운 봄비가 촉촉이 내려
나의 가슴도 촉촉이 적셔준다

# 하얀 낙엽

찬 서리에
하얗게 빛바랜
낙엽들이 하나 둘
떨어져 떨어져 간다

한때는 숲이 우거져
수많은 곤충과 동물들이
삶의 보금자리였을

찬 서리에 못 이겨
모두 떨어져 흩어지면
민둥산만이 오롯이 남아
한때의 영화를 그리워하겠지

하얀 낙엽 : 흰머리 탈모

# 새벽길의 일기

새벽길에는
많은 사연들이
쌓여가고 있었다

반성도 믿음도
사랑도 건강도
한 줄의 검은 글씨도
앞으로의 설계까지도

찰나이지만
한 시간 여만에
세우고 눕히고
파묻고 다시 세운다

동녘 하늘에는 불그스레
아침의 문이
열려오고 있었다

# 대나무의 처신

대나무는
저들이 살아남기 위해
몸으로 바람을 막으려 하지 않는다

거친 폭풍우에도
그들의 뜻대로
흔들려 준다

잠깐의 굴신이
저의 참 뜻이
아니었기에

뜻을 이루는 날
그 뜻은 부끄러움을
덮고도 남는다

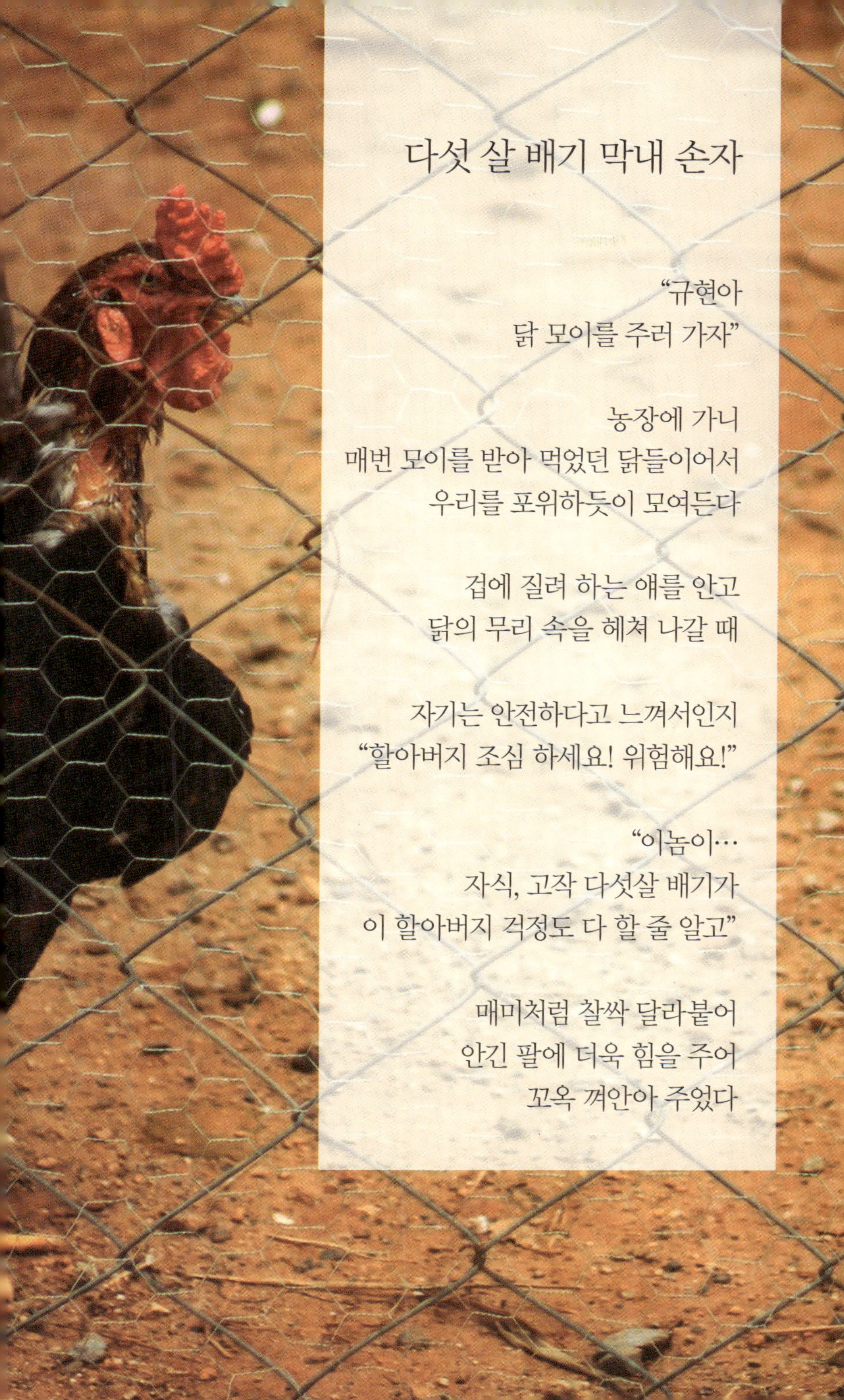

다섯 살 배기 막내 손자

"규현아
닭 모이를 주러 가자"

농장에 가니
매번 모이를 받아 먹었던 닭들이어서
우리를 포위하듯이 모여든다

겁에 질려 하는 애를 안고
닭의 무리 속을 헤쳐 나갈 때

자기는 안전하다고 느껴서인지
"할아버지 조심 하세요! 위험해요!"

"이놈이…
자식, 고작 다섯살 배기가
이 할아버지 걱정도 다 할 줄 알고"

매미처럼 찰싹 달라붙어
안긴 팔에 더욱 힘을 주어
꼬옥 껴안아 주었다

# 당케의 눈물

사랑하는 가족들이
배까지 줄여 가며
피와 땀을 쌓아 싣고
무심코 떠나가는 배

낟알 한줌이라도
흘려 놓고 갔으면
새날을 기약이라도 하련만

눈물겨운 민초들
수탈의 서러움에
같이 눈물 훔쳤던…

당케 : 제주. 서귀포시 표선면에 있는 포구의 명칭
당나라에 조공품과 중앙정부에 진상품을 싣고 갔던 포구임

# 어머니

꽃들이 앞다투어 피던
초여름 오월의 어느날

파랑색 바탕에
하얀 목련이 새겨져 있는
아끼고 또 아껴 두셨던
빛바랜 한복을 입으신
어머니의 모습을 처음 보았다

마지막임을 아셨는지
친정집 어귀를 돌아보고 오셨다 한다

며칠 후
조용히 하늘나라로
가시는 그날은
천둥과 번개
장대비가 끝날줄 모르고 내렸다

어……머어……니

방울 토마토

심지도 않은
얼음같이 차가운 땅에서
자리를 잡고
알찬 열매가 주렁주렁

대설이 지난지 사나흘
계절을 잊고 사는

그 동안의 추위에도
굳건히 버티며 자란

담쟁이, 근본

모진 비바람에도
꺽임이 없이

거칠고 거칠은
담벽을 껴안고

따뜻한
사랑의 손길로
서로의 손을 맞잡아
세상을 향하여 나아가는

조상은 하나인

# 스므 여드레 그믐달

엄마의 가슴에 젖을 빨듯
졸음에 지쳐 하품을 하는
아기의 머리를 쓰다듬으며

눈을 살짝이 내려 깔고
자장가를 불러 주시던

품에 안긴 아이를
지그시 내려다 보면서
사랑의 미소를 연신 흘리는
어머니의 인자한 모습을
쏙 빼어 닮은 달

김상윤 시인은 제주특별자치도 서귀포에서 태어났다. 1971년 2월, 제주상업고등학교 제17회로 졸업한 뒤, 지역 사회에 헌신하며 다양한 활동을 이어왔다. 1993년에는 남원초등학교 학부모회장을 역임하였으며, 1996년부터 1997년까지 남원1리 새마을지도자 및 남원농협 영농회장으로 활동하였다. 1997년에는 '남원읍 마을 스승'으로 추대되었으며, 1999년 정의향교 공덕비를 기립하는 데 기여하였다. 또한, 2010년부터 2011년까지 국제라이온스클럽 남원라이온스 회장을 역임하였다. 2016년부터 2018년까지 정의향교 의전부장으로 활동했으며, 2019년에는 성균관 전의 제수로 봉직하였다. 문학 활동으로는, 2025년 3월 1일 인향문단 시화집에 작품을 발표하며 등단하였다. 제주도의 아름다움과 삶에 대한 깊은 관조를 바탕으로 왕성한 창작 활동을 이어오고 있다. 그동안 써온 시들을 모아 첫 시집 "나는 답을 모른다"를 출판하였다.

# 눈길

가로등 불빛이 없어도
달빛이 없어도
저 스스로의 빛으로
환하게 길을 비추는

마음에 담아 두었던
구역질 나는 아픔과
모든 서러움을 덮은

새벽 눈길 위에
첫 행인이 되어

뽀드득 뽀드득
반주를 맞추어 가며
홀로 발자취를 만들어 가는

# 습설濕雪

봄은 봄인데
봄이 온 것 같지가 않은
세상 모든 게
물 먹인 솜이불에 덮여

가냘프게 솟아오르던
작은 샘마저도
얼음 속에 갇히고
무거운 눈속에 묻혀

따뜻한 물 한 그릇
부어 넣어 본다 한들
얼어붙은 마음은 풀릴 길 없고

새봄 새날은 어디쯤 왔을지
새봄 새날만 손꼽아보네

# 어머니를 닮은

당신의 모습은
세상 모든 것을 초월한
깊이를 측정 할 수 없는
깊은 우물 같아 보입니다
어머니의 모습입니다

당신의 가슴은
마르지 않는
샘물입니다
언제나 잔잔한 파도입니다
어머니의 가슴을
본 듯합니다

어느새 당신은
어머니를
많이 닮아 있음입니다

# 여전히 오늘

오늘밤이 지나
내일이 오면
좋은 일이
꼭 찾아 올 것만 같아

밤잠까지 설쳐가며
새벽 첫닭이 목청을 돋울 때
급히 밖으로 뛰쳐 나가보니
내일은 흔적이 없고

또다시
오늘만이 빙그레
웃음 지으며
나의 곁에 다가와
서 있네

# 꽃잎

꽃잎이
떨어진다고

서러워하지 마라
눈물을 보이지도 마라

고장도 없이
돌아가는 세월

쉬임 없이
앞만 보고 달려가는
시계의 초침

아쉬워 마라
힘든 삶도 많이 넘겼으니
이제는 쉬려함인 것을…